八十五歳　さよならまでの暇つぶし

りんかんいるか
RINKAN-IRUKA

文芸社

目次

春よ、こい

少しばかり意地悪な冬風にほんのちょっと春の温もりが混じりかけた頃になると、花屋さんの店先は色とりどりの花の競演となる。

華やかさについ足を止めたくなる。その中で、きれいな半円に咲き誇っているサイネリアは色も豊富でボリュームがあり人目を惹く。

いくら関東といえども、やはり冬の寒さには春を待ち焦がれる気持ちが膨らんでくる。

精神的に限界を迎える頃を見計らっていたかのように、春と手を繋いでやってきて、巡る季節を教えてくれる花のひとつである。

サイネリアの本名はシネリアで「死」を連想させるということで名前を変えて販売しているらしい。

改良を重ねているのか、どんどん色鮮やかに半円の盛りが大きくなっている。

ずいぶん前の事である。相武台前駅から家路につく十五分弱のバスの車中でのこと。大学生らしい若者が二人、鮮やかな満開の花の鉢を三個持って立っていた。

就学前の娘と座っている目の前に、こんもりと咲き誇る鉢が右に左に揺れている。ピンク、紫、白と。「きれいねぇ」と見入っていると、「よかったらこれ差し上げます」と言う。「えっ、いいんですか」「僕たちが栽培したんです」。近くに農園があるらしい。

そういえば小田急線には、大根踊りで知られる農大がある。この時初めて、サイネリアの名を知った。

三つの鉢を持ちやすいようにまとめてくれて、ほどなく二人はバスを降りていった。春先にサイネリアを見かけると思い出す。

コロナ禍でどれほど花に助けられているか、ひたすら美しいもの、心を癒してくれるものを渇望している日々である。きれいだな、とか、素敵だなと思うときに、アルファ波という幸せホルモンが出るらしい。リラックスしている時に出現する脳波である。花の咲く植物は抑うつや疲労軽減に役立ち、園芸作業はリハビリの療法にも有効とされている。

人工的な都市空間より植物のある自然空間を無意識に求めている。身近に緑陰があればホッとひと休みしたくなる。森林浴や山歩きしたくなるのは、心身からのシグナルだと思う。

ロシアとウクライナの愚かしいだけの戦争で大勢の人が命を失っている。恐怖に怯えている人々、そしてコロナ禍で大変な事態を闘い抜いている医療従事者や感染者、関係者を思う時、本当に無力

な現実に歯がゆさで胸が潰れる思いである。ガレキは要らない。花と緑豊かな日常と、本当の平和と、春よこい。

令和四年三月

道しるべの北極星

以前は渋谷駅前の東急会館や町田の東急百貨店にプラネタリュウムがあった。少し空き時間があるときに、夜空の星を見にふらっと覗いたりしていた。今は都市開発やコロナ禍で、すっかり様変わりして遠ざかっている。

星空といえば思い出すことがある。娘が五年生のときに担任だったY先生は、保護者、生徒たちに絶大な人気があった。

一度はサラリーマンになるも、教員の夢を捨てきれず、教職に就いたと風の噂である。始業式を終えて、校庭に生徒全員が集まり、固唾を呑むなか担任の発表がある。「〇年〇組はY先生」と呼ばれると、喜びの歓声と落胆の悲鳴が混じりあって、しばし騒然となる。

人気の理由は子供たちが一番よく知っていると思うが、自分をうまく表現できない子供たちの一人一人の長所を気持ちの奥から引きだして自信を持たせてくれる。まさに自分を認めることで安心して進むことができ、成長を促してくれるありがたい先生であった。同僚の先生方の信頼も厚かったと記憶している。

子育てに迷いがあった時も、Y先生は納得の回答で答えてくれたことがあり、私にとっても、指針を示してくれた。

新学期が始まり、最初の行事の家庭訪問の折のことである。先生のお帰りの時間が夜に近くなった。

お見送りで通りに出ると、濃い水色の夕暮れ色から、深い蒼色に変わる束の間の幽玄の空に星がチカチカと瞬いていた。

余りの美しさのためだろうか習性からなのだろうか、Y先生が星座の説明を始めた。北斗七星、北極星などの位置や見つけ方などを。

たびたび、プラネタリュウムに行くほど星空が好きなのに、あの、ゆっくりとした語りと低く流れるBGM、ちょうどいい具合のリクライニングとくれば絶対眠くなる。最後まで起きていた試しがなくて、終わりごろに、はっと目覚める。心地よいゆりかごのようだ。だから、マンツーマン指導で、質問に答えてくれるなんて本当に贅沢で、嬉しい授業であった。

常に真北にあり、位置がほとんど変わらないのは北極星である。天の北極に最も近い輝星で、地球から見ると、ほとんど動かないように見える。

昔から、夜に正しい方角を確認するために用いられたという。登山とか、船の航行にも何かにつけて道しるべとなる北極星は、ポラリスともいわれている。

この時の授業内容は決して忘れない。群青色の星空と共に。

子供たちにとっても、忘れられない先生は少なからずいるのではないだろうか。影響力の大きい教職という仕事柄、のちになり、先生に言われたひとことが人生の指針となることもあるだろう。

そういう意味では、生徒にとって先生は北極星ともいえるかもしれない。

娘が高校生のころ「Y先生は初恋だったかも」と呟いたことを忘れずにいるだろうか。

現在Y先生はここから少し離れた場所で市会議員をして地域のために貢献しているらしい。なりたい人でなく、なって欲しい人であると思っているので、ご苦労も多いと思う。

そろそろプラネタリュウムを探そう。今度こそ寝ないで五月の夜空の北斗七星、北極星、冬の空のオリオン座、宵の明星、明けの明星を最後まで楽しもう。固く決心をしている。

しかし、宇宙のことは、あまりにもスケールが大きすぎる。果てしないロマンを感じるが、さっぱり理解できない。余計なことは考えないで、あとはメルヘンの世界だと考えよう。

令和四年五月

潮の流れが変わるとき

十六年もお世話になったスーパーのレジ係のHさんがやめると言う。所属している会社とスーパーの会社の契約が切れたらしい。

週に六日は通っていたお店で、私がさよならするまで多分お別れは無いだろうと思って安心していた。

顔を見ると「いらっしゃいませ」を飛ばし「こんにちは」とにっこり挨拶をしてくれる。後ろのお客様に迷惑がかからないように、ふたことみこと言葉を交わす。

時候の話が多い。天気予報の話にとても詳しく、休憩時間に最新情報を仕入れているようだ。顧客とのコミュニケーションに気配りをしているのだろうか。こんなところも好感が持てる所以である。この地域に雨雲がきているらしいとか、昨日の帰宅の時は大雨と雷が怖かった。明日は寒くなるよ、暑くなるよとか教えてくれる。

息子と同じ年ごろで、一筆書きの眉が可愛らしい。大きな商品を買ったときに入れる袋をそっと数枚いつもくれるので重宝している。

最後の日を教えてくれたので、ささやかなプレゼントを用意した。「いつもお話しするのが楽しかったです。お身体に気を付けてください」と言われ、「Hさんも元気でね」と最後のお別れである。Hさんロスでスーパーに行く楽しみが減ってしまった。

ちょうど一か月が経ったころ、美容院の帰りにスーパーに隣接している花屋さんに寄ってブーケを買う。通りかかったスタッフさんが「髪を染めたんですか」と話しかけてきた。

何度か接客してくれた可愛くキリッとした店員さんである。良い顔をしているなと思っていた。「何度かスーパーでお見かけして今日も元気でいるなと思っていました」と、これは嬉しい言葉である。自分の知らないところで私を気にかけてくれている若者がいるんだ。

うーん、こんな言葉をこの若さで高齢者に掛けることができるとは、自分の同じ年齢のころを顧

みると、とてもとてもできなかった。

二十代のお嬢さんが考えて言葉にすることに驚きである。老成若者というのであろうか。この言葉は誉め言葉なのか皮肉をこめたものなのかと論議されるが、素直に偉いと思う。スタッフさんのこんなひと言は人を元気に明るくさせてくれる。高齢者はうるっとしてしまう。

そのあと、マネージャーさんだと判明した。本当に若いのに、世の中は変わってきているんだなと羨ましく思う。私の時代では女性が「長」と付く役に付くことなどよほどでない限りあり得なかった。

少しずつ改善されてはいても未だに世界においては女性の立場は先進国に限らずとも恥ずかしいくらいの下位である。

男女競わず、協力しあい和やかに働けるような世の中にしなければ日本は発展しないだろう。どんどん女性に活躍してほしい。

若いマネージャーさんを見て頼もしい思いである。

そしてHさんロスの私に光明を見せてくれた。またスーパー通いが楽しくなる。捨てる神あれば拾う神ありである。

人生には潮の変わり目があるように思う。別れは切ないが、新たな出会いをもたらしてくれる。不思議に同じ人に立て続けに会うことがあったり、突然ばったりと会えなくなり、どうしたんだろうと心配になったりする。

どちらかの時の歩みが急に速くなったのか生きる方向性が変わったりして、リズムが違ってきたのだろうか。決め事がスムーズに運ばなかったり、考え方が周りの人とかみ合わなくなってくる。趣味嗜好が無意識のうちに変わってくる。

これは良い変化の予兆である。成長の証であると経験上実感している。人生の潮目が変わる状況は今まで五回ほど経験したが久しく忘れていた感覚である。その都度少し成長をしてきたと思う。まだ残っていたのね、気持ちの底から前兆がふつふつ、むくむくと湧きだす。くるりとステージが回り、人生が新たに動きだす。そんな予感を小さく感じる。まぁ、この歳なので、それほどは大きな変化ではないのだろうがワクワクに違いはない。

こんな人生の潮目の変化を見逃さず、感性を研ぎ澄まして待ち受ける。少しばかり曇りがかってきた感度をピカピカに磨いて待とう。きっと違うステージが待っている。

「チャンスの女神には後ろ髪がない」という。後ろ髪を摑もうとしても摑めない。幸運の女神は向かってくるときに摑めなければ遅い。

誰にでも公平にこの予兆はあるはずで、見逃さないで準備万端して整えたい。

反対に、大きな失敗の前に十回の小さな警告がある、という。チコちゃんの「ぼぉ～と生きてんじゃね～よぉ」と声が聞こえてくる。

小さな変化と予感を見逃さず、チャンスの女神の前髪をガシッと摑もう。何歳になろうが成長はできる。昨日より今日、今日より明日と決して同じではなく、変わっていく自分をしっかりと抱きしめて、大好きになろう。

令和六年四月

若い人に福をもらう

八十五歳を目前にしていながら若い人との会話が弾む。娘や息子の友人、介護を通じて知り合えた人等とも話が合う。地元の商業施設の販売員さんと話

すのも楽しい。

なぜだろう。自分の若かった時代を思い起こしてみると、年長者と世間話をするなんて考えられなかった。今の若者はコミュニケーション能力が長けているように思う。

暮れの買い物で厚揚げを買う。会計を済ませてエコバッグに入れていて、あれ、この厚揚げ、いつもと違うなぁ、色が白っぽいと思いインフォメーションで「すみません、この厚揚げいつもと違うんですが替えていただけます？」と言うと快く「いいですよ」と答えてくれた。

二人で売り場に行き、「なんかね、いつもはもっと元気がいいのよ、もっと生き生きしているのよ」と言う私。「生き生きねぇ」と笑いながら「これは？」と選んでくれる。全体的に白っぽい、「もしかして、暮れで忙しく、揚げる時間が少ないのかもね」と私は合点した。「これの方が元気だわ」と揚げ色がおいしそうなきつね色に近い厚揚げを選んだ。

後で考えると、ちょっと可笑しな会話なのに、ちゃんと応対してくれる店員さんは偉いと思う。

このTストアは地域に密着していて八割がたの人は感じがいい。以前レジで店員さんが「あらこれは傷んでいるわ、交換しますね」と係員を呼び指示をしてくれた。私が気が付かずにいた人参一本である。先っぽが柔らかくなって少し萎びている。若い店員さんが一本の人参を持って走っていく。なかなか戻らない、新人さんは慣れずに迷子になっているのかも知れない。「もしかして畑に採りにいったりして」とスタッフさんに言うと、「申し訳ありません、見てきます」と小走りに探しに行く。すぐ戻ってきて「おかしいわね、居ないんですよ、どこに行ったんだろう」と、首をひねる。

すいている時間帯だったので、スタッフさんと笑いながら雑談をしていると若い店員さんが息せ

ききって戻ってきた。「すみません売り場にあまりいいのがなくて、倉庫に探しに行ってきました」「まぁまぁ、そこまでしてくれたの、ありがとうね」本当に感謝である。

こちらが気がつかずにいても、レジの人が「袋が破けているので交換しますね」とか、サラダ菜の袋入りの表面を見て吟味したつもりが裏側の傷みを見つけてくれる。

本当に安心して買い物ができるTストアさんで家にいて、ちょっと気持ちが晴れない時は「買い物に行こうおっと」と気分転換に出かけたりする。

グリーンショップ、花屋さん、無印さん、タリーズコーヒーさんとふた言、み言楽しく話すだけで気持ちが救われる。

いまの若い人は総じて高齢者に優しい。全員とは言えないが八割ぐらいの人は該当する。

まぁ、これは私の特技であると自負しているが、コミュニケーション能力がありそうな人を見抜けるのである。だから確率が高いと思っている。

それを差し引いても、私の時代より今の若い人の方が話が上手である。高齢者に変に遠慮せず程よくリスペクトしてくれつつも、楽しく話せるところが嬉しい。

気をつけねばいけないのは、先輩面と説教は無しにすることである。感謝と、良いところは素直にほめる。思いやりと優しさを嫌う人はいない。そんなこんなで若い人に福を貰っている。倖せなことである。

令和六年一月

あれって失敗だったのねぇ

私のエッセイ集を読んだ同級生のI君に、失敗談が無いのが意外だったと言われ、ん〜、あったかねぇ、あれば書きますよ。「新幹線に乗り遅れたときに、平然とわれ関せずだった」と、思い出させてくれた。

岩手の釜石高校の同級生と、十五年以上も前から三、四か月ごとに飲み会と毎年の国内旅行を開催していた。「たまに逢おう会」略して「たま逢い」と称して、たまにどころか、しょっちゅう逢う機会をつくっていた。

年々出席者が少なくなり、コロナ前には五、六人と寂しい限りであったが、多い時には、関東近辺在住の友人が十人前後は参加して、北海道から沖縄までの旅行を楽しんでいた。

伊勢志摩の旅行で、東京駅から八名、新横浜から二名と、総勢十名の高齢者団体さんでツアーを利用したときのことである。

私は新横浜から、もう一人K田君と途中乗車で、時間があったので買い物をするためキャリーバッグを彼に預けて、売店に入った。買い物を済ませて彼を探したが、いない。

その時一陣の風が通りすぎた。乗る予定だった新幹線が走り去ったのである。最近はホームに駅

員さんがいることはめったになく、なにかを聞きたくても探すのが苦労である。

しかし幸運なことに、私の隣に駅長さんらしい立派な帽子とみんなとは違う色の制服を着た恰幅のいい男性を見つけた。「すみません、私が乗るはずの新幹線が出てしまったんですが」と言うと「じゃ取りあえず、次の新幹線に乗ってください、若いものに連絡しておきますから」とのことで、間もなくきた次の新幹線に乗り込んだ。

すぐに若い車掌さんがやってきて、満員だと思っていた新幹線に「自由席が一つだけ空いているので案内します」これもラッキーだった。幸運が重なると今日はついてるぞ、と思い込み、失敗を忘れてしまう。

ツアーなので旅行会社や、行き先、日程表などを提示する。携帯を使って、前を走っている新幹線内の車掌さん、添乗員さん、同行する仲間と、こちらの車掌さん二人とあれこれ確認していて、さながら実況放送みたいだ。

旅行の行き先や旅行日程、年齢、風貌、身長かなにか忘れたが、私の様子と照らし合わせているらしい。若い車掌さんが、なにやら耳打ちしている。なんか楽しくなる。

後で思うと、認知症かと疑われたのかも知れない。もはや、そんな年齢である。

やがて納得されたようであった。自己の都合で乗り遅れた場合の料金は個人の負担になるとパンフレットに記載されている。「おいくらになりますか」と聞くと、「上司とも相談して今日のところは結構です、その代わり楽しいご旅行をしてください」と。

これも又嬉しい。思わず手を合わせ「ありがとうございます」人生はこれだから、損得でなく楽しいのだ。

結果オーライだったので、自分としては失敗だとは思わずにいた。この程度のうっかりは掃いて捨てるほどあるのだ。

（私、失敗しないので）と、平気で生きてきた。終わりよければすべてよしと勝手に解釈している、この性格が失敗を招いているのだと思う。お蔭でクヨクヨせずに済んでいる。

失敗を忘れさせるもう一つがあった。こちらの新幹線が四十分も早く豊橋に着いたのだ。Y埼さんが途中で、「あっ、今Fさんが、追い越して行った」と叫んだらしい。こちらはひかり、向こうはこだまである。

仲間や旅行会社の添乗員さんに迷惑をかけたのは間違いないので、やはりこれは失敗に入るだろうと納得である。私は一人行動が多いので、今まで、ばれずに済んでいた。

K下君がいつも、集合場所から解散場所までの

旅行の様子を、ＢＧＭ付きのＤＶＤで記録をしていてくれる。

今、見返すとキャリーバッグを囲んで憮然とした仲間の映像が証拠として残っている。Ｇ君が持ち手に付けてあるマスコットの白いボンボンを所在なさげに手ではじいている。やはり心配をかけたんだ。認めざるをえない。

私のキャリーバッグを手に車内に入ってきた時のＫ田君の呆然とした顔がなんとも可笑しかったらしい。時々笑い話にしていたＫ林さんも、Ｋ田君も相次いで永遠に旅立ってしまった。

Ｉ君のアドバイスで、購入したお詫びのしるしの十人分の飲み物を抱えて待合室で四十分待っている間は、こんな展開が面白くて仕方がなかった。

ボランティアで少年野球の審判をしているＩ君にすれば完全にアウトなのね。私だけがセーフだと思い込んでいた。

東海道新幹線の発車ベルは九秒と決まっている。いろいろなテストの結果、駆け込み乗車による事故が一番少ないということらしい。

九秒間のベルが私には全く聞こえなかった。なにを考えていたのか、買い物に没頭して肝心なことを忘れる集中力に我ながら感心する。

電車に乗る直前には飲み物、食べ物の買い物は止めようと得心がいった。

十一年も経っての「ごめんなさい」です。いつか又、残っているメンバーで旅行が出来るといいね。たまには、逢いたい。

令和四年五月

年下の友人

この歳になると周りの友人は、同年か年下になっている。普通なら、永遠の旅立ちで友人が段々少なくなって寂しい思いをするだろうが、幸運なことに年下の友人が多いので助かっている。娘や息子の同級生も友人になっている。だから未来や希望をたくさん抱えている友とそれらを共有させて貰えるのだ。

夢を語れる友は貴重であり、そして私は年の功で雑学は豊富である。しかし説教は苦手である。自分の物差しは柔軟性を無くさないように気を付けている。ガラクタもあるが、たまにキラッと光る貴石が入っている小引き出しを、たくさん持っている。

先輩風は吹かせない。マウントは取らない。経験値は大きいのだから、アドバイスぐらいはできるのよ。長ーい来し方の生き方を語ることは出来る。叱咤激励はしない。知識をひけらかしたりしない。決して威張らない。

ずーっと年下の友人と一緒にランチに出掛けることもある。そんな時に素早く行動し荷物を持ってくれたりセルフサービスの食器をサッと片づけてくれたり、本当に感謝である。

スマホの扱いやパソコンが上手くできずにパニックになった時も、さっさっと手馴れている。尊

敬に値する。ペットボトルのふたをさりげなく開けてくれたり本当にありがたい。

年長者と若者はもっと仲良くするべきだと思う。お互いに持ち合わせている知恵と経験を分け合い、理解することで、生きやすくなるのではないだろうか。両者ともに得るところが多いと思う。人生の達人は失敗も含めておおいに語ろう。

人生には思いもよらない出来事がいつ起きるかも知れない。八十歳になりエッセイの勉強を始め、三年余り真剣に講座を受けた。

エッセイが今や生きる張り合いになり、こうしてメッセージを書いている。予想外の展開が良いこともある。何も持っていなくても八十代にもなれば、あ~ら、こんなことが出来るようになっていたわ、ということもあるだろう。

若者には年長者にない希望、知識や夢を話

してもらおう。お互いに否定はせずに、マイナスの言葉は出来るだけ避けて、汚い表現は言い換えてオブラートでくるもう。そうすれば一＋一は三にも四にもなるだろう。

今、若者に昭和のロマンが好まれている。これぞ年長者の出番である。郷愁の昭和の話なら沢山あるのよ。任せておいて。

スマホなんて便利な物は当然なくて、家に電話があるほうが珍しかった。ちょっと小金持ちの家や、商売をしている家にしかなかったと思う。

急ぎの連絡は電話があるお宅が取り次いでくれていた。なんて面倒見の良いことだったんだろう。嫌な顔をしていたのか、していなかったのか定かではないが、それが当たり前の如くであった。

周りの家にはほとんど電話は無かったから月に何回ぐらい取り次いでいたんだろう。申し訳ないことであった。あとは電報で連絡をしていた。

食事にしても、カフェなんていうものはなくて、ラーメン屋さん、喫茶店はあった。パーラーもあった。レストランなんてしゃれたものではなくて○○食堂とか○屋とかにナポリタンが出現したときの新鮮な驚きは強く記憶に残っている。

食品サンプルの宙に浮いたフォークにオレンジ色の麺が数本ぶら下がっていて、「なんなのこの食べ物は」と興味津々であった。

パスタなんて言葉はなくて「あれはね、スパゲッチと言うんだって」と「スパゲッチ」を嬉し気に連発していた。

飲み物では、透明なみどり色に水玉が弾けて、アイスクリームと真っ赤なさくらんぼが乗ったクリームソーダーは特別感満載でワクワクした。

　昭和三十年代の三陸の街釜石のことである。まぁ数え上げればキリがない。郷愁の年代である。東京はもう少し先を行っていた。

　レトロに惹かれる若者と懐かしさに浸りたい人生の達人はいいコンビである。年長者と若者は話すことがたくさんあると思う。私も今になって、もっと色々と話を聞いておけばよかったと先に立たずの後悔である。核家族の現在は年長者の知恵や知識が途切れてしまっている。仲良くするメリットはある。

若者は困った時には、遠慮せずに年長者に相談するといい。ただし、相手を選んでね。口の堅い人、だれかれに自分の主観を大盛りにして吹聴しない人、貴方を尊重してくれる人を探してね。上から目線の人や貴方を軽く見る人は要注意である。

生き方に正解はないが、なにがしかのヒントはある。きっと救われることがある。

このような繋がりを続けていれば世の中はもう少し生きやすく、平和になるだろう。

そして年長者にとって何より嬉しいのは、永遠の旅立ちの時に見送ってくれる人が多くなる。十分に人生を満喫したのだから楽しく「長い間、お疲れ様でした、ゆっくり休んでねぇ」と明るく手を振ってくれる。安心して幕を下ろすことが出来るのだ、チャンチャン。

令和六年一月

碧い惑星

「半分死んで歩いています」と、テレビのインタビューに答えている女性。分かる、あるある、私も三分の二は死んで歩いている。残りの三分の一で車道にはみ出さぬよう、転ばぬように、もうろうとしながら踏ん張っている。マンションのエレベーターの前に、ようやくたどり着くと、フゥー

とため息が出る。今日も生き延びられた、と。

友人から「今、外に出ないほうがいいよ、火傷をするよ」と警告のラインがくる。毎日毎日続く、耐えられない暑さである。ヒタヒタと、地球温暖化がもたらす恐怖が近づいてくる。

人間の高慢さが招いた結果である。地球という『奇跡の星』を大切に使わせてもらっていることを忘れてしまった報いなのだ。いまさらに、どうすればいいのか、どうしたら良かったのか。凡人は、考えの浅さに頭を抱えるばかりである。

人間が快適さとスピードばかりを追い求め、この素晴らしい碧い惑星の崩壊に気づかずにいたのだ。いや、見ないことにしていたのだ。

森林破壊や人間が生み出す二酸化炭素などが地球の平均気温を上昇させる。結果、異常気象の発生が頻繁になるといわれている。線状降水帯なる、命に係わるほどの気候変動が、たて続けに各地を襲っている。昔からある現象が、温暖化のせいで災害の規模が大きくなっているのだ。このたぐい稀な美しい惑星を救うには、もはや手遅れだといわれているいまや、温暖化どころか、沸騰化と言われ始めているのだ。連日、命に係わる猛暑日が続き、高齢者は、今日も無事で過ごせますように、と祈りつつ日々を送っている。

　世界の終わりが近づいているのだ。私たちにできることといえば、少しでもエネルギーの消費を少なくすることしかない。しかし、居心地のいい現在の生活に慣れきってしまった私たちである。どこまで自分に厳しくできるのか、自信が持てないが、身近なところで気づいたら省エネに努めよう。

　水道の出しっぱなしはしない。誰もいない部屋の電気は消す。お寿司を買ったら、お箸は断る。エコバッグを常に持ち歩き、レジ袋は極力使わない。見ていないテレビは消す。デパートで買い物するときの過剰包装は断る。

　人間が快適に生きることで排出される二酸化炭素をできる限り減らし、植林を増やし、太陽、水力、風力と自然エネルギーを利用する。一人、一人の省エネの意識で、地球の終わりを少しでも遅らせたい。こんなに美しい惑星はほかには無いだろう。失ってからでは遅すぎるのだ。

　地球に人間が住めなくなり、移住を余儀なくされる時が来るかもしれない。

荒涼とした月や火星に住みたいとは思わない。月から見る地球は清がしい碧い輝石のようである。うるわしい『瑠璃色をした奇跡の惑星』の地上や海中を汚し、気候変動を速めて惑星の寿命を短くしている事態を、何としても避けなければならない。

　独裁者が私利私欲のために愚かな戦争をやっている場合ではないのだ。歯がゆい思いと虚しさに心がチリリと痛むばかりである。

人間が自ら破壊してしまった惑星の寿命をどうすれば少しでも引き延ばせるのか、いくら頭を悩ませても、せんないことなのである。妙案など浮かぶはずもない。

行く道が短い人間はいいとして、何代か先の子孫たちは、一体どこの星のもとで生きていくのだろう。

月や火星の新しい環境でも平気で生活ができ、喜怒哀楽の感情が退化した生き物が誕生するかもしれない。或いは宇宙人が取って代わるのだろうか。

そんな状況を確かめるすべもないが。それは幸いなのかも知れないと観念をする。現在の人間で人生を終われることを倖せに思う。

しかし、天才、秀才、凡人の全ての知恵が結集して妙案が出てくることはないのだろうか。この掛け替えのない『碧い惑星』の寿命が延びて、心

配ご無用でしたと、ならないだろうか。儚い、一縷の望みである。

それにしても『言うまいと、思えど今日の暑さかな』詠み人知らず

令和五年七月

人生の暇つぶし

今どきのマンションは百年建物と言われている。一歩手前で日本人の平均寿命が百歳近くになろうとしている事実からきているのだろう。

突然そんなことを言われてもなぁ、困るではありませんか。せいぜい七十歳か、八十歳と計算をしていた私の人生プランを練り直さなければならない。後半の空白の何年かがぽっかりと空洞が口を開けているようで、う〜む、さぁ〜て、どないしよう。

八十四歳の現在、後の十六年（考えると頭を抱えたくなる。思いたくもない）の空間をどう、埋めようか。

中途半端に完璧主義である私は、五、六年前に閉店まぢかのデパートの写真店で、遺影を撮ってもらった。葬儀場を決め、ふるまいの料理の試食をして、花の色を指定した。

娘に、ピアノでリチャード・クレイダーマンの『午後の旅立ち』を弾いてねと言ったら、「いやだよ、弾くたびにお母さんを思い出して、その曲が嫌いになるよ」と言われる。仕方がない、選曲したCDを、お経代わりに流してもらおう。お線香の代わりに少し上等なお香を焚いてね。人工のでなく本物の白檀とか、伽羅、檜の香りとか。

俗名でいいからね、あの世で戒名で呼ばれても返事はできないから。

食器類、洋服、写真、あれこれを処分し、まあまあ（立つ鳥、跡を濁さず）に該当する程度に片づけた。それなのに、あぁ～それなのに仕切り直ししなければならずで戸惑っている。

閉めかけたドアーをこじ開けるには少なからず力が必要で、筋力が低下した高齢者には大変な作業である。

漠然と生きるには十六年は長すぎる。自分では八十歳がいいとこだろう、そう思っていたから、

今の八十四歳の年齢は信じがたい。長すぎる余生の暇の潰し方に戸惑っている。しかも気力体力が風前の灯のように、ゆら〜、ゆら〜と頼りない。自分を叱咤激励する。ゴールは見えない、まだ走るのね。いや、歩くのね。

そうなると、また、少し洋服も欲しくなる。食器類にもつい手が伸びる。せっかく片づけたのに、なんてことだろう。

しかし、年々と体力が落ちるスピードが速くなっている。現在、何とか持ちこたえている健康がどこまで維持できるだろうと考えると、よくて半分の八年ぐらいが上等かな。いや、四年位が妥当だろう。それで八十八歳である。ゴロがいいし、勝手に決める。あと、四年である。

現に、今年に入ってから、二か月で二人の友人が旅立ってしまった。終演の幕は誰の意志なのか、正解のない問題に悩んでも仕方がない。

最近になって思うには、（立つ鳥、跡を濁さず）なんて、とうてい叶わない望みなんだなということ。炊事、掃除、洗濯、片づけ等を終えて、そこで幕がおりればいいが、そうはならない。生きていれば、汚れ物はでる。部屋も散らかる。中途半端なやりかけた仕事もある。きれいに完結は、まず無理である。志なかばでバッサリと終わることを恐れずに生きていかないと、中身の薄い余生を送ることになるんだ。と悟る。

そうだ、まだ幕は下りていないんだ。ならば、まだ楽しめるぞ、旅行も、趣味も、自分を高める勉強も。まだ、まだ、少し迷いを感じながら、おそるおそる四年先に目線をおくる。

遊びやせんとや生まれけむ
戯れせんとや生まれけん
遊ぶ子供の声聞けば
わが身さへこそゆるがるれ

平安時代末の流行歌である。

普通に生きていても、人生には、苦しみ、悲しみ、悩みなど、逃れられないあれこれがおそってくる。せめて、ゆとりのある時には楽しもう、遊ぼう、自分を癒そう。こんなふうに解釈をしている。

誰にでも訪れる、その時に、あぁっ、冷蔵庫の掃除が一日伸ばしで、してなかった。加湿器のフイルターの掃除も、とか思うんだろうか。へそくりは見つけた人のもんだよ。あとを濁してごめんね。要らないものは、さっさと捨ててね。時々思い出してね、私を。

そうして、今わの際に（色々なことがあったけど、楽しい人生で倖せであったなぁ）と嫌なことはぜ〜んぶ忘れて、さよならしたい。

地球人で、日本人で、私でよかった。

生きとし生けるもの、全てに感謝して。

さて私の妄想は当たるだろうか。お楽しみ。

令和五年四月

み空を見あげる

大きめのダイニングテーブルにコーヒーカップを置き、窓の外を見ると、自然に空が視界に入る。そんな環境であることを倖せであると思う。そして、み空を見上げる。

どう考えても理解ができない宇宙のあれこれを無理に分かろうとせずに、そのまま受け入れようと観念する。空は空でしかない。

今日の朝刊に、空に関するアンケートが載っていた。空を見ることを好む人が、こんなに多いのだと知り、驚き嬉しくなる。日頃空を見上げている人はなんと九割にも達しているらしい。「みんなで空を見上げよう同好会」を立ち上げたい気持ちである。

ホッと一息したいとき、考えあぐねたとき、悩みがあるとき、楽しいとき、悲しいとき、何かにつけて無意識に答えを探し出すように、そして救いを求めるように、み空を見上げる。

たった今、この瞬間に世界中のどれ程の人が、み空を見上げているのだろう。どこまでも続く、この同じ空の下で、色々なドラマが繰り広げられているのだろうと考えると気が遠くなる。みんな一生懸命に頑張っているんだ、そう考えると、いとおしく、可愛らしく、いじらしく思えてくる。

小さな存在であるように見えて、人間の感情の中に、深く、大きく、喜怒哀楽が複雑に織り込まれて、健気に生きている。人は皆、心の中に無限のきらめきの宇宙を持ち、どこまでも自由に幻想的な旅ができる。まさに神秘で、地球という奇跡の惑星にいながらにして、限りなく続く空の果てまでも縦横無尽に一瞬にして想いを巡らせることができるのだ、思うがままに。これは万物の霊長である人間に与えられた神の恵みである。

一生は長いようで短いようで曰く言い難い。楽しいことばかりではない。一人として同じ人生はないわけで、それぞれが違う嬉しさ、苦しさを受け止め、そして、ふと、万感の思いを込めて、み空を見上げる。

澄み渡る青い空、暮れなずむ空、星空、朝焼け、夕焼け、流れる雲、満月、三日月、日食、月食、雪空、雨空、曇り空、雷雲、朧月、入道雲、うろこ雲、いわし雲など。

数えればきりがない。この広いステージを舞台に、季節や時刻により変わりゆく空は、瞬時として同じではない。

たった今、多くの人が真摯に思いやり、希望、救い、祈りを空に託しているに違いない。

現在の願いは、平和な日常である。愚かな戦争ほど馬鹿げたことはない。一刻も猶予なく、終結するべきである。戦争は恐ろしい悪魔を生んでしまう。

人間が『考える葦』であるならば、過去の間違いをなぜ糧にしないのか。同じ轍をどうして踏むのだろう。即刻止めるべきである。

み空を見上げる。それぞれの願いを込める。争いのない日々を心の底から悲痛な思いで祈る。一日も早く平和を取り戻せ。この切なる祈りよ届けと、強く、強く、強く。

令和四年五月

昭和な話

最近、気になることがあった。四十代五十代の中間若者が、寂しいとか夢を持てないという。みんながみんなではないだろうが、短期間に数人に出くわす機会に遭遇した。

希望をもって生きていている年代で在るはずなのに、人生に望みを見つけられずにいる。もはや生きていく日々にあきらめをつけているようである。なぜだろう。

人生百年と言われている現在、それは困った問題である。昭和時代より格段に快適に暮らせるようになり、恵まれた日常なのに、この虚無感である。

世界を見渡せば、戦争、地球温暖化、など、ひ

しひしと感じる無力さで、個人の力不足を思い知る。凡人は手をこまねくばかりで、頭のいい学者や政治家にお願いするしかないのである。こういう感情は理解できる。

しかし、生きていくには、希望や夢なくしては満たされた日々は送れない。なんでもいい、興味を持ち行動を起こしてほしい。

半面、レトロな昭和の時代の生活や歌に特別な感情を持っている若者が増えている。

建物にしても、木造の平屋の長屋の雑然とした街並みに新鮮な憧れを持っているようである。まさに密な生活環境である。

縁側があったり、薄ぼんやりとした、ガス灯であったり、夏の夕涼みや線香花火の縁台がある光景などに魅力を感じるらしい。

そんな若者たちは、親しすぎることで生じる摩擦やわずらわしさは、知る由もなく。

洗練されているとは言い難い、オムライス、ナポリタン、着色料たっぷりの緑鮮やかなクリームソーダーなどがもてはやされている。

私にとっては、懐かしさがこみ上げるような画像や愛唱歌が目に付くようになり、ますます昭和の良さを再認識する。

みんな貧しかった。継ぎはぎの洋服が当たり前でも恥ずかしさを感じなかった。不足だらけの衣食住、なのに何ゆえに未来に光と希望を持つことができたのだろう。どん底の暮らしをしていると、上を見るしかないのかもしれない。

時代が長くて、成長著しく、スピード感ある昭和。戦争、終戦、戦後の目覚ましい発展、めまぐ

るしい時代であった。しかし、前へ、前へとひたすらに、突き進んでいた。それぞれが夢を持っていた。

歌にしても、小難しい理屈は抜きで、単純明快な分かりやすい歌詞。みんな一緒に手拍子で、大勢で和して唄える。カラオケがない時代はどんな歌でも手拍子である。だから単純なメロディー、歌詞が多いのだろうか。

タイムマシンで時代を戻ることは無理な話で、せめて、昭和の、貧しいながらも夢があり、希望に輝いていた力強いあの時を共有したいと、いうことであろうか。

あの泥臭い、もったり感がありながらも、速度のある昭和の時代を、未体験の世代が郷愁を感じるわけもない。

私、八十代の人間にとっては、面映ゆさを感じつつ、「そう、昭和はいい時代だったよ」と、自慢しながら、嬉しさを感じている。

高度成長の真っただ中、ひたすらに貧しいながらも明るい方へと、どんどん進んで、希望を抱きながら日常を送っていた。

給料は現金手渡しで、ボーナスは束の如く、横にして、積み木のごとく立てられた、みたいな話もある。給料は右肩上がりで、毎年昇給するのは当たり前であった。

マツタケの土瓶蒸しや、ふぐのお刺身など、高価な食べ物は上司が連れて行ってくれた。

男尊女卑や、パワハラ、セクハラは今以上に横行していて、辛いこともあったのに、振り返ると、良いことばかりを無意識に拾いあげている。思い出とはそんなものなんだろう。

純喫茶とか、歌声喫茶とか、名曲喫茶などを回顧しながら思う。まさに高齢者の出番ではありませんか。ずるずると鮮やかに蘇る昭和な時代である。少し恥じらいながら語ろう。

名曲喫茶では、自分の聴きたいクラシック曲名を紙に書き、ボーイさんに渡す。流れてくる名曲を、ココアを飲みながら静かに聴く。（なぜかコーヒーでなく、まったり熱く、甘過ぎのココア）で、まさに昭和である。時々レコードの音が飛んだり、微かなノイズがぬくもり感をかもしだす。

そんなこんなで、若い人と思惑は違えども同じ話題を語り合えるいい時代である。

カラオケでも、青くさい歌を共に唄える。「高校三年生」「青春時代」「なごり雪」「時代」「少年時代」など、昭和は長いので歌の幅が広い。一緒に唄える曲が多いのが嬉しい。「雪国」「M」「時の流れに身をまかせ」「赤いスイートピー」「飾りじゃないのよ涙は」「秋桜」など挙げればきりがない。

貴方の今の想いと希望をこめて唄いましょう、楽しく手拍子で。年長者を誘ってね。カラオケは下手なほうが座が盛り上がる。みんなが安心して唄える。上手すぎると、みんなの出る幕がない。現世のいいところを数え上げ、希望を持ちましょう。夢を持たないと、考えなくてもいい思いに取りつかれる。自分のやりたいことが必ず見つけられる。虚無感を忘れて生きましょう。寂しさなんたらは、五十年早い。

成長したかったら、おすすめは、一人旅である。自分を俯瞰してみることができる。まず自分を知ること。長所短所が分かってくる。試行錯誤を繰り返して、苦しみながら強くなっている、そんな人生経験者が大勢いる。

知らないのかな、年長者のほとんどは日々孤独と寂寥感と戦っていることを。悩みながら大きくなっているのを。貴方だけではないのよ、しんどいのは。

やがて、悟りの境地に入るのよ。〈ケセラセラ〉、なるようになるのだと。

令和五年五月

君子の交わりは淡きこと・・・

高校時代だったと思う。漢文か古文の授業で目にした言葉である。腑に落ちる感覚を覚えて座右の銘の一つにしていた文章がある。

「君子の交わりは淡きこと水の如し、小人の交わりは甘きこと、れい（甘酒）の如し」これは荘子の言葉である。

知らず知らずに人格形成に影響を受けていたのだろうか。ある時友人に「貴方はみんなを平等に扱うのね」と言われた。誉め言葉と同時に、（もう少し親しげにしてほしいな）と友の少し寂しい心の内が感じられた。

難しいね。分からないでもないよ、大勢の時と二人の時と少しは違っているよ。そこを汲んでね、

と思っている。

物事をよくわきまえた人の交際は水のようにさらさらと、小人物の交際は甘酒のように甘く、べたべたしている。濃密のように見えても長続きせず破綻を招きやすい。そんな意味合いらしい。

日本にも、「親しき仲にも礼儀あり」という言葉がある。プライバシーにまで立ち入らず本人が言っていないことをあれこれ詮索せず暗黙のルールの中で交友を進めたい。人の生き方には干渉はしない。環境、性格、感情、体力全てそれぞれに違う。考え方が同じという方がおかしい。違って当たり前である。

頭の回転が速い方でないので、ベッドに入り今日の反省をすると「あれ、あれはちょっと向こうのミスではないだろうか。何度考えても、ここで反論すべきだったのだ」と、天井を睨んできりきりと歯ぎしりをすることがたまにある。

また眠れぬ夜を迎える。今さら相手の考えを曲げることは不可能である。現在の自分の考えをしっかりと確信したら、百歩譲って、口が滑ったのだろうと自分を納得させるしかないのだ。

他人の考え方を変えようなどと考えるのはよそう、頭の回転が遅いせいでトラブルを避けられているのである。これを幸いと捉えるしかない。時間を戻して、また不愉快な思いはしたくない。

修行は辛い、同じステージに立つことは成長の妨げになる、耐えよう。目から鼻に抜けるような人でない場合、きっと同じ経験をしているだろうと思う。そんな時「友人にひりっと傷つけられた時はどうする?」一回り若い友に聞いてみた。一瞬、間があり、「距離を置く」と即答する。何度かそんな経験を経てたどり着いた答えなんだろうと察する。賢明であると思う。

もう一人、一回りほど年下の友も同じ答えである。二人とも、あれこれと詮索せず次の言葉を待っている、心遣いが感じられる。詳しくは話さずとも私はこれでオーケー、詳細を聞くまでもないと賢い二人は分かっているのだ。説明せずとも納得である。

（人の不幸は蜜の味）と思っている人は、色々と聞いてくる。自分の考えを正しいと物差しを振りかざし、考えを押し付けてくる。望んでいないのに説教をしてくれる。ひりっと冷たい風が心を揺らす。

これぞ人付き合いの難しさ、自分にも落ち度があったのかも知れない、そんな気持ちがありすぎると腹を立てたり、反論する機会を逸してしまう。損な立ち回りに終始する羽目になる。

そんなときは時薬が一番である。即効性はないが、ゆっくり穏やかに癒しの時を待つ。

ひりっが二度、三度続き、カサブタが厚くなっ

たら、牛若丸の如く、ひらりっと三歩ほど後すざりする、距離を置くしかない。後は自分との闘いである。

うっうっうっ、修行は辛いのう。泣けてくる。そんな場面に遭遇したときは、階段を一つ上がったのだと思おう。トラブルを起こさずに人間として成長したのだと、偉いぞと自分を誉めて収めよう。残りの人生は穏やかに笑って過ごしたい。

「君子の交わりは淡きこと水の如し」と呪文を唱えて淡々と、君子の仲間の最後尾に並ばせてもらおう、三歩下がってね。

令和五年十二月

著者プロフィール

りんかんいるか

1939（昭和14）年４月12日（卯年）
桜満開の朝大田区で誕生
東京生まれの岩手育ち　神奈川県在
趣味：旅行　カメラ　ガーデニング　読書　オカリナ　ウィンドゥショッピング　エッセイ　空想　瞑想

著書『空の青さを、覚えておいて』（2022年、文芸社）

協力者　夏未

八十五歳　さよならまでの暇つぶし

2025年４月15日　初版第１刷発行

著　者　りんかんいるか
発行者　瓜谷 綱延
発行所　株式会社文芸社
〒160-0022　東京都新宿区新宿１－10－１
電話　03-5369-3060（代表）
03-5369-2299（販売）

印刷所　株式会社平河工業社

ISBN978-4-286-26170-6